ISBN 978-2-7002-3559-3

Loi n° 49-956 du 16-07-1949 sur les publications destinées à la jeunesse.

L'école d'Agathe

Texte de Pakita
Images de J.-P. Chabot

Victor va sur Mars

RAGEOT • ÉDITEUR

Vous connaissez Victor ?
La maîtresse dit qu'il est toujours dans la lune mais nous, on sait que ce n'est pas vrai parce que Victor rêve d'aller sur… la planète **Mars !**

Victor est fou des satellites, des astéroïdes, des constellations... de tous les mots difficiles qui volent dans le ciel !

Un jour, il a déclaré :

– Moi, plus tard, je serai **marsonaute.**

– Qu'est-ce que ça veut dire, **marsonaute,** Victor ?

– Ça veut dire que j'irai sur la planète **Mars.**

Et c'est sûr, Victor ira sur **Mars** parce que, déjà, il a une tête de **Martien.**

Il a des yeux grands comme des *soucoupes* et des oreilles pointues et décollées qui ressemblent à des antennes. En plus, depuis qu'il est tombé de la **fusée** du manège, ses deux dents de devant sont cassées. On dirait qu'il a un accent circonflexe dans la bouche !

Un matin, Victor est arrivé dans la cour avec un énorme rouleau et il nous a annoncé :

– Voici les plans de ma ***navette spatiale marsonaute.*** Je l'ai presque finie mais je ne peux pas l'apporter à l'école. Elle est top secret et tous les CM2 voudront monter dedans !

– Ou peut-être la voler ! a ajouté Marion.

Victor nous a expliqué :

– Ma **navette** est posée sur des maxi-pattes d'araignée en fer. À l'intérieur, c'est comme une maxi-caravane. Il y a un maxi-lit et tout est dans la même pièce.

– Même les toilettes ? a demandé Mathieu.

– Non, il faut faire pipi dans **l'espace !** a dit Tom en riant.

– Comme ça, on croira qu'il pleut sur la Terre ! a ajouté Coralie.

– J'aimerais bien aller sur **Mars,** a soupiré Léa.

Victor a observé Léa, puis il nous a tous regardés.

– Euh… Il y en a d'autres qui veulent aller sur **Mars** avec moi ?

– Moi, moi, moi… moi, moi, moi, moi, moi !

Et c'est comme ça que toute la classe s'est retrouvée élève de Victor le grand **marsonaute.**

– D'abord, je vais vous parler de **l'Univers.** Je ne veux pas que vous soyez perdus quand on le traversera. **L'Univers** est né à cause d'une mégasuper explosion qui s'appelle le **BIG BANG.** Très longtemps après, les étoiles et les planètes sont apparues. On va inventer un jeu à nous.

– On dirait que vous êtes des étoiles, des comètes ou des planètes. Vous êtes bien tranquilles en train de danser dans le ciel. Quand je crie : **BIG BANG**, vous courez dans tous les sens en vous cognant comme des autos tamponneuses, c'est d'accord ? Dansez, dansez. Attention… **BIG BANG !**

– Et maintenant exercice **d'apesanteur,** a déclaré Victor. Dans **l'espace,** on est léger, léger… tellement léger qu'on s'envole. Alors pour vous exercer, marchez sur la pointe des pieds au ralenti en dépliant bien les jambes, les bras…

– Hé les copains, venez voir les **extraterrestres !** a crié un CM2.

– Oh non ! Il se moque de notre entraînement.

À l'école des **marsonautes,** on a appris plein de choses : que la Lune tourne autour de la Terre, que la Terre tourne autour du Soleil, que la planète **Mars** est rouge…

Et puis un jour, Victor nous a annoncé, très fier :

– Ça y est ! Je suis prêt à envoyer Léotor, mon super ***satellite,*** vers la planète **Mars.**

– C'est quoi un ***satellite?*** a demandé Jade.

– C'est un peu comme un appareil-photo spécial qu'on lance dans le ciel.

– Comment tu vas lancer Léotor dans le **ciel ?** a dit Charlotte.

– Ben… avec un lance-pierre géant ! a répondu Victor.

Et ce matin, Victor nous a annoncé, très sérieux :

– Les amis, notre grand voyage est pour bientôt ! Hier soir, j'ai planté le dernier clou de notre ***navette spatiale marsonaute !*** Vous êtes prêts pour la grande répétition générale ?

– Ouiiiiiiiiiiiiiii !

– Bien. Rendez-vous à la récré. Surtout soyez discrets !

On s'est retrouvés derrière le préau, là où les maîtres ne nous voient pas, et Victor a chuchoté :

– Vous êtes tous là ? Suivez-moi. C'est là-haut.

– Tu es fou Victor, on n'a pas le droit de monter !

– Si vous n'osez pas aller dans un grenier interdit, vous n'oserez jamais vous envoler pour **Mars,** a déclaré Victor.

On n'avait même pas mal, on rebondissait dans les airs ! Schbim, schboum, schbim.

J'allais cueillir une fleur de Mars quand soudain :

– Bip bip, toi être qui ? Bip bip, toi venir d'où ?

Ça alors, est-ce que j'étais devant un Martien ? Sa tête était dans une télé, une grosse antenne bougeait dans tous les sens quand il parlait !

Pour voir si c'était un vrai **Martien,** je l'ai chatouillé. Les **Martiens** ont horreur de ça, mais mon **Martien** à moi a éclaté de rire. C'était Victor !

Il nous a annoncé :

– Cette répétition est réussie. Nous partirons demain.

Ce soir, je n'arrive pas à dormir, je suis trop excitée !

Bonne nuit les **marsonautes !** À demain sur **Mars !**

L'auteur

Pakita aime tous les enfants ! Les petits, les gros, les grands, avec des yeux bleus, verts ou jaunes, avec la peau noire, rouge, orange, qui marchent ou qui roulent, et même ceux qui bêtisent !
Pour eux, elle se transforme en fée rousse à lunettes, elle joue, elle chante, elle écrit des histoires et des chansons pour les CD, les livres ou pour le dessin animé.

L'illustrateur

Jean-Philippe Chabot est né à Chartres en 1966. Avant d'entrer à l'école il dessinait déjà. À l'école, il dessinait encore. Puis il a choisi de faire des études de… dessin. Et maintenant, son travail c'est illustrer des albums et des romans.
Il est très heureux de dessiner tous les jours et parfois même la nuit mais toujours en musique.

L'école d'Agathe

60 titres parus

1- Coucou, c'est moi Agathe !

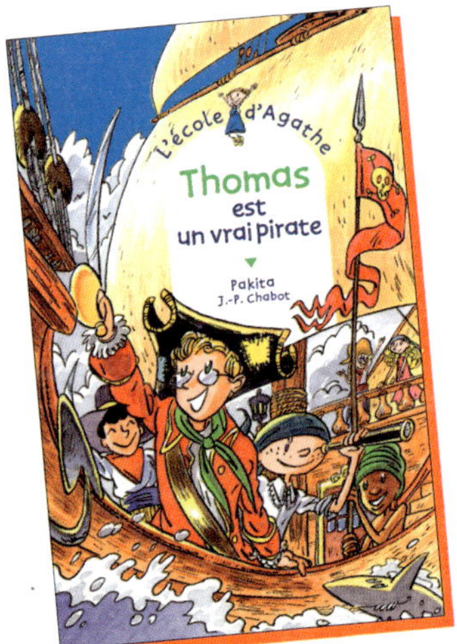

29- Thomas est un vrai pirate

45- Charles
le grand chevalier

50- Jade prépare
le carnaval

L'école d'Agathe

Toute la série
L'école d'Agathe
sur www.rageot.fr

Achevé d'imprimer en France en juillet 2010
par I.M.E. - 25110 Baume-les-Dames
Dépôt légal : août 2010
N° d'édition : 5215 - 01